Victor et Victor

Notre site n'est pas parfait,
mais visitez-le quand même :
www.soulieresediteur.com

Victor et Victor

un roman de Denis Vézina
illustré par
Philippe Béha

SOULIÈRES ÉDITEUR

case postale 36563 — 598, rue Victoria
Saint-Lambert (Québec) J4P 3S8

Soulières éditeur remercie le Conseil des Arts du Canada et la SODEC de l'aide accordée à son programme de publication et reconnaît l'aide financière du gouvernement du Canada par l'entremise du Programme d'Aide au Développement de l'Industrie de l'Édition (PADIÉ) pour ses activités d'édition. Soulières éditeur bénéficie également du Programme de crédit d'impôt pour l'édition de livres – Gestion Sodec – du gouvernement du Québec.

Dépôt légal : 2007
Bibliothèque nationale du Canada
Bibliothèque nationale du Québec

Données de catalogage avant publication (Canada)

Vézina, Denis

    Victor et Victor

    (Collection Ma petite vache a mal aux pattes ; 78)
    Pour enfants de 6 ans et plus.

    ISBN 978-2-89607-059-6

    I. Béha, Philippe. II. Titre. III. Collection.

PS8643.E937V52 2007   jC843'.6   C2007-940834-6
PS9643.E937V52 2007

Illustrations de la couverture
et illustrations intérieures :
Philippe Béha

Conception graphique de la couverture :
Annie Pencrec'h

Logo de la collection :
Caroline Merola

À ma fille Gabrielle.

Victor I, II, III et IV

Je m'appelle Victor. Mon grand-père s'appelle Victor. Mon père s'appelle Victor. Le chat de ma tante s'appelle Victor. Quatre Victor dans la même famille, c'est beaucoup. Mais tout ce que nous avons en commun, c'est le prénom. Nous sommes des Victor totalement différents.

Par exemple, mon grand-père Victor I est le président d'une compagnie qui fabrique des dentiers mécaniques. On dit de lui qu'il a beaucoup de mordant. Mon grand-père, c'est le plus grand président de dentiers du pays.

Mon père, Victor II est crieur en chef au port de la ville. C'est lui qui hurle aux bateaux pour leur dire où stationner. Mon père, c'est le plus grand crieur en chef de tous les ports du monde.

Victor III, le chat de ma tante, fait un effet monstre à tous ceux qu'il rencontre sur son chemin. Victor III est le matou le plus respecté de la ruelle. Même qu'il fait peur au chien de monsieur Martin. Il séduit aussi les vieilles dames. Il danse sur les poubelles et il chante toute la nuit. Ma tante dit que Victor III est le chat le plus populaire de la planète.

Et moi, Victor IV, j'ai été champion pleureur, le plus grand chialeur-brailleur-pleureur de l'univers.

Un record !

Tout a commencé à mon premier jour d'école. J'ai pleuré toute la journée. Je ne voulais pas y aller. Je voulais rester à la garderie avec Manon. Le deuxième jour, j'ai pleuré parce que la maîtresse parlait fort et qu'elle portait une robe verte. Le troisième jour, j'ai chialé parce que l'école, ça pue, et j'ai crié parce que ma voisine me regardait. Le quatrième jour, j'ai pleuré parce que mon voisin voulait être mon ami. Et le cinquième jour, j'ai braillé parce qu'il ne voulait plus être mon ami.

Durant cinq mois, j'ai pleuré chaque jour, du matin au soir. Un record. Jamais personne n'avait vu et entendu cela.

Au cours de ces cinq mois, j'ai pleuré, hurlé, crié, chialé pour plusieurs raisons. D'abord, je ne voulais pas apprendre à lire. Ensuite, je ne voulais pas me mettre en rang. Et puis, je ne voulais pas que la maîtresse ferme la porte de la classe. Je ne voulais pas écrire au tableau. Je ne voulais pas aller à la récréation. Je ne voulais pas que la récré finisse.

J'ai aussi hurlé parce que je détestais que ma voisine pleure lorsque je lui criais dans les oreilles. J'ai pleuré parce que Bruno n'était pas content que je défasse son casse-tête juste au moment où il allait placer son dernier morceau. J'ai même pleuré pour rien. Pleuré pour les crayons qui s'usent et que l'on jette aux poubelles, pleuré pour les petits chiens qui n'ont pas de maison, pleuré pour les enfants obèses, pour ceux qui n'ont pas de parents et pour ceux qui en ont trop. J'ai même pleuré en entendant mon cousin chanter : *Pout, pout, pout, St-Hubert BBQ!* Chaque jour, je me trouvais une bonne raison de pleurer et de me fâcher.

J'étais Victor IV, le plus grand chialeur-brailleur-pleureur de l'univers jusqu'à ce matin épouvantable...

Malheur, malheur, malheur !

D'abord, je me suis réveillé en sursaut comme lorsqu'on fait un mauvais rêve. Quelque chose avait changé. Sur le coup, je n'ai pas compris ce qui se passait, mais il se passait quelque chose. Je me suis habillé, j'ai mangé et je suis parti pour l'école.

Lorsque je suis entré dans ma classe, j'ai vu Martine qui mettait tout son coeur à me refaire l'affreuse grimace que je lui avais faite la veille. C'est là que j'ai compris. Sur mes joues, rien ne coulait. Malgré la colère, il n'y avait pas la moindre petite larme dans mes yeux.

À la récré, j'ai laissé tomber le ballon. Normalement, j'aurais fait une colère noire et j'aurais hurlé. Encore là, pas un cri, pas une larme. De retour à la maison, j'ai raté le troisième niveau de mon jeu vidéo. Pas une larme non plus.

Malheur, malheur, malheur !
Je n'arrivais plus à pleurer !

J'ai bu des litres d'eau et des
litres de jus de citron. J'ai éplu-
ché des oignons. J'ai regardé
toutes les émissions de *Lassie*.
Je me suis raconté mille fois le
jour où j'ai perdu mon robot tout
neuf au fond du lac. Je me suis
rappelé les souvenirs les plus
tristes de mon enfance : ma vari-

celle, mon rhume en robe de chambre, les becs en pincette de ma tante Berthe... Rien à faire. Pas la moindre petite larme ne jaillissait au coin de mes yeux. J'étais tellement découragé que j'avais envie de pleurer. Moi, Victor IV, le plus grand brailleur-chialeur-pleureur de l'univers, je n'avais plus de larmes et je n'arrivais plus à pleurer. Quelle tristesse !

Tout ce que je savais si bien faire, je ne savais plus le faire. J'avais terriblement honte. Un tel déshonneur pour la famille était insupportable. Je croyais en mourir. Même que je me disais :

— Pour la famille, mon cher Victor, mieux vaut mourir !

Je n'étais plus le plus grand brailleur-chialeur-pleureur au monde. Je n'étais plus rien.

Avant, tout était facile. Lorsque je voulais quelque chose, je pleurais. Lorsque je n'en voulais plus, je pleurais. Si je n'avais pas envie d'aller me coucher ? Pas de problème ! Je chialais un bon coup et hop ! tout s'arrangeait. Lorsque je voulais un jouet, lorsque je voulais manger une pizza, lorsque je voulais jouer quinze minutes de plus à l'ordi, c'était facile, je pleurais, je chialais, je criais. Je savais comment faire. Évidemment, ça ne marchait pas à tout coup. MAIS JE SAVAIS! Je savais quoi faire, comment le faire et quand le faire. Maintenant que je n'avais plus de larmes, je ne savais plus rien faire !

Horreur ! Malheur ! Déshonneur !

Au secours grand-papa !

Affolé et inquiet, je me précipitai dans la chambre de mon grand-père, Victor I. Peut-être qu'il saurait me sortir de ce pétrin. Il était si vieux. Il devait bien savoir quoi faire en pareille circonstance. Je lui racontai ma terrible histoire.

— Maintenant que tu n'arrives plus à pleurer et à te mettre en colère, qu'est-ce que tu aimerais le plus ? me lança-t-il.

— Je ne sais pas, lui répondis-je. J'aimerais toujours savoir ce qu'il faut faire. J'aimerais que les gens disent : Oh ! Wow! comme il est merveilleux !

— Tu voudrais être parfait ?

— Oui, c'est ça ! Je voudrais être formidable, extraordinaire, étonnant, prodigieux. Je voudrais être parfait !

— Bon. Si c'est vraiment ce que tu veux, je crois que j'ai ce qu'il te faut.

Il s'agenouilla devant une grande malle et glissa une clé rouillée dans la serrure. Le couvercle grinça sur ses pentures. Victor I y plongea la tête et en ressortit, l'air victorieux, avec un petit livre très ancien recouvert d'une couverture en peau de vache.

— Si tu veux être parfait, me dit-il avec un large sourire, tu n'as qu'à lire ce livre. Il pourra répondre à chacune de tes questions.

A-B-C-D-E-F-G-H-I-J-K-L-M-N-O-P-Q-R-S... Sauvé !

Ouf ! J'étais sauvé ! J'ai rapidement glissé le petit livre sous mon bras et j'ai couru jusqu'à ma chambre. Je me suis installé sous le lit et j'ai vite cherché dans le livre.

A-B-C-D-E-F-G-H-I-J-K-L... Larme !

Les larmes ne servent à rien, sauf lorsque vous avez une poussière dans l'oeil. Dans tous les autres cas, mieux vaut les oublier et faire comme si elles n'avaient jamais existé.

J'étais étonné de cette réponse. Je croyais trouver un remède miracle à mon problème. J'y découvrais une tout autre solution. Malgré ma surprise, j'allais suivre les conseils de mon livre et trouver le moyen de devenir parfait.

— Victor, viens souper, lança ma mère de la cuisine.

A-B-C-D-E-F-G-H-I-J-K-L-M-N-O-P-Q-R-S... Souper !

Tous les jours, il faut souper. Il faut se laver les mains, s'asseoir à table, manger et remercier la personne qui vous a aidé à calmer notre faim.

A-B-C-D-E-F... Faim !

Lors d'un repas, si vous avez faim, tant mieux. Mangez de bon

appétit et remerciez la person-
ne qui vous a nourri. Si vous
n'avez pas faim, forcez-vous.
Mangez tout ce qu'il y a dans
votre assiette en silence, puis
dites merci.

Ma mère était bien étonnée de
me voir arriver si rapidement à la
cuisine. Elle le fut encore plus
lorsqu'elle me vit manger toute
ma portion de purée de brocoli
aux champignons et asperges
sans rouspéter.

Le lendemain, c'était vendredi et, chaque vendredi, nous avions une période complète pour dessiner. Que faut-il dessiner lorsque l'on veut être parfait ?

A-B-C-D... dessin

Lorsque vous avez un dessin à faire, demandez à la personne que vous désirez impressionner ce qu'elle aime. Faites de même chaque fois que vous devez faire quelque chose : un repas, un jeu et tout ce qu'on vous demandera de faire.

J'ai demandé à mon professeur, madame Églantine, quel était son dessin préféré. Elle m'a dit qu'elle adorait les fleurs. Alors, j'ai dessiné des fleurs. Elle était très contente.

A-B-C-D-E-F-G-H-I-J-K-L-M-N-O-P-Q-R-S-T-U-V...
Vraiment ?

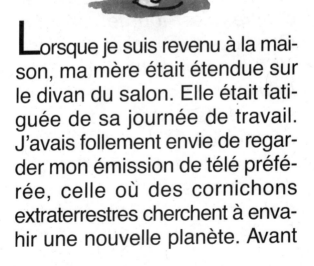

Lorsque je suis revenu à la maison, ma mère était étendue sur le divan du salon. Elle était fatiguée de sa journée de travail. J'avais follement envie de regarder mon émission de télé préférée, celle où des cornichons extraterrestres cherchent à envahir une nouvelle planète. Avant d'appuyer sur la télécommande, j'ai pensé qu'il serait préférable d'interroger mon petit livre qui sait tout.

A-B-C-D-E-F... Fatigue !

Vous devez distinguer votre fatigue de celle des autres. Si vous êtes fatigué, grouillez-vous le popotin pour vous réveiller. Frottez vos yeux de toutes vos forces. Sautez sur place. Cognez-vous le coco contre un cadre de porte. S'il s'agit de quelqu'un d'autre, c'est tout le contraire. Occupez-vous de cette personne. Ne faites pas de bruit. Apportez-lui un verre d'eau. Un petit massage dans le cou est très recommandé.

J'étais tout de même surpris des conseils de mon livre pour devenir parfait. Fallait-il vraiment que je fasse tout ça ?

A-B-C-D-E-F-G-H-I-J-K-L-M-N-O-P-Q-R-S-T-U-V... Vraiment ?

Vraiment !

A-B-C... Certain ?

Certain !

Je suis allé à la cuisine et j'ai versé de l'eau dans un grand verre. Ma mère était très heureuse que je pense tout seul à lui faire ce petit plaisir. Elle était encore plus étonnée lorsque je me suis installé derrière elle pour lui masser la nuque.

— Grand Dieu, Victor, si tu continues, tu vas devenir parfait ! s'exclama ma mère.

C'est fou, mais ma mère sait toujours ce qui va se produire. Je crois qu'elle a un don. Parce que c'est ce qui arrivait. Pas de doute, je devenais parfait. Mais pour être parfaitement parfait, je devais me fier à mon livre et faire tout ce qu'il me disait de faire.

A-B-C-D-E-F-G-H-I-J-K-L-M-N-O-P...

Parfait !

En quelques jours, ma vie avait changé. Je me couchais tôt. Je me levais tôt. Je me brossais les dents. Je prenais mon bain. Je faisais tout ce que les grandes personnes voulaient que je fasse. Ma maîtresse était aux petits oiseaux. Ma mère ne cessait de répéter qu'un miracle s'était réalisé... Il n'y avait que mon grand-père, Victor I, celui-là même qui m'avait donné le petit livre, qui ricanait toujours lorsque je partais pour l'école. Faut dire que j'étais habillé et coiffé comme le garçon parfait que j'étais devenu. À part lui, tout le monde semblait très heureux de ma perfection !

Le problème, c'est que les autres élèves me fuyaient tout autant que lorsque j'étais champion chialeur-brailleur-pleureur.

Bien sûr, je réussissais très bien à l'école. Même que madame Églantine me prenait toujours en exemple.

— Regardez le petit Victor. Il ne parle pas. Il ne bouge pas. Il écrit proprement. Il apprend toutes ses leçons. Prenez exemple sur lui et vous deviendrez de bons élèves ! répétait-elle chaque jour.

J'étais devenu son chouchou. Être un chouchou, c'est bien, mais ce n'est pas l'idéal pour se faire des amis. Auparavant, les autres élèves avaient toujours peur que je pleure ou que je pique une colère de toutes les couleurs. Maintenant, je me retrouvais tout seul à être parfait. Pourtant, j'aurais bien aimé me faire des amis.

A- Amis

Pour se faire des amis, rien de plus facile. Montrez-leur ce livre.

Quelle merveilleuse idée ! Maintenant que j'étais devenu parfait, il ne restait plus qu'à faire en sorte que tout le monde le devienne. Ainsi, nous pourrions tous être semblables et parfaits en tout.

En quelques jours, j'avais réussi à réunir plusieurs élèves de ma

classe. Nous nous retrouvions
dans la cour d'école le matin, le
midi et le soir et à toutes les
récréations. Mon livre répondait
aux mille et une questions que
se posaient mes nouveaux amis.
Nous nous installions sous le
grand arbre, dans la cour, et
lorsque le surveillant s'approchait
de nous, je fermais mon livre et
j'imitais le cri d'une vache.

Comme le livre était recouvert d'une peau de vache blanc et noir, tout le monde riait et le surveillant ne voyait que des enfants heureux de rire et de s'amuser. Mais dès qu'il avait le dos tourné...

A-B-C-D-E-F-G-H-I-J-K-L-M... Merci

Il faut toujours dire merci. Mieux vaut le dire quand ce n'est pas le temps que de ne pas le dire quand il le faut. Bref, dites merci aussi souvent que vous le désirez et en toutes circonstances. Il en est de même pour les mots : s'il vous plaît, bienvenue, bonjour, excusez-moi.

A-B-C-D-E-F-G-H-I-J-K-L-M-N-O-P... Professeurs !

Les professeurs, tout comme les parents, sont des personnes qui savent tout. Il est impossible de les prendre en défaut. Ils disent toujours la vérité. Il ne faut jamais les critiquer ou dire qu'on n'est pas d'accord avec une de leurs décisions.

A-B-C-D... Décision

Facile. Pour être parfait, laissez toujours les autres décider à votre place.

En quelques semaines, tous les enfants du quartier étaient devenus parfaits. Même les rues en étaient transformées. Tous les matins, dès notre sortie de la maison, nous marchions en rang sur les trottoirs jusqu'à l'école en suivant à la lettre les consignes de la brigadière.

Nous étions tous bien coiffés, propres, polis, silencieux… Et si, un jour, madame Églantine disait qu'elle aimait la couleur verte, le lendemain, la rue se colorait de tous les habits verts que nous portions. Et puis des chapeaux rouges... Et puis des foulards bleus...

Si, un matin, madame Églantine disait qu'elle adorait les pommes, le lendemain, elle pouvait remplir un plein panier de toutes les pommes que nous lui avions apportées.

Nous étions tous silencieux durant les cours. Nous faisions tous nos devoirs. Nous apprenions tous nos leçons. Nous ne parlions qu'après avoir levé la main. Au cours de dessin, par exemple, je n'étais plus le seul à reproduire exactement ce que madame Églantine aimait. Si elle nous parlait de ses tulipes rouges, c'étaient autant de dessins de tulipes rouges que d'élèves que nous déposions au coin de son bureau. De beaux dessins de tulipes, tous semblables, tous bien faits, tous pareils, tous parfaits !

À la maison, nous étions tout aussi parfaits. Nous étions devenus exactement ce que nos parents voulaient qu'on soit : obéissants, calmes, disciplinés, dociles et polis. Jamais plus nous ne nous opposions à une de leurs décisions. Jamais plus nous n'osions dire que nous ne voulions pas faire le ménage de

notre chambre ou cesser de regarder la télé. Nous disions toujours ce qu'ils voulaient entendre. Nous étions devenus parfaitement et totalement parfaits !

A-B-C-D-E-F-G-H-I-J-K-L-M...
Maurice !

Et puis un jour, dans la cour de récréation, Maurice lança :

— J'ai envie de péter !

A-B-C-D-E-F-G-H-I-J-K-L-M-N-O-P… Péter !

Péter est un acte ignoble, épouvantable et intolérable. Ce geste disgracieux devrait être puni de la peine de mort.

Encore une fois, nous étions étonnés de la réponse du petit

livre à la peau de vache. Maurice le premier ! Il se comprima le ventre comme pour faire un noeud avec son intestin. Pas de doute, pour être parfait, il devait parvenir à reconduire son *prout* odorant vers l'intérieur. Pas question de faire exploser cette bombe puante au fond de son pantalon. La perfection l'exigeait !

— Retiens-toi, Maurice. T'es
capable. Go, Maurice ! Go !
disions-nous tous en choeur pour
l'encourager.

La cloche nous rappela qu'il
fallait reprendre les cours. Durant
tout l'après-midi, Maurice se tor-
tilla sur son banc. Tour à tour, il
pâlissait, puis devenait tout
rouge.

— Bravo, Maurice ! Courage !
Tu réussis à rester parfait, lui dis-
je à voix basse.

J'avais beau tenter de le réconforter et de me réconforter
tout autant, avec tous les gaz
qui se formaient dans son gros
ventre, je craignais malgré tout
qu'il ne se transforme en mont-
golfière. À la fin des cours, il s'en-
vola jusque chez lui.

A-B-C-D-E-F-G-H-I-
J-K-L-M-N-O...
Oups !

Le soir venu, le téléphone sonna à la maison. C'était madame Églantine qui voulait parler à mon grand-père. Il ne dit rien qui me permit de comprendre quelque chose à leur conversation. Du genre : *Ah bon ! Vous m'en direz tant, très bien, j'y serai, bonsoir.*

Le lendemain, tous les élèves furent convoqués dans le gymnase. À notre grande surprise, plusieurs parents se trouvaient dans la salle. L'atmosphère était lourde. On se doutait bien qu'il se passait quelque chose d'anormal. Lorsque la directrice entra, tous les élèves se levèrent d'un seul bond et entonnèrent en choeur un : *Bon-jour ma-da-me la di-rec-tri-ce* bien senti. Mathieu et Bouba dirent : *Merci* et Gabrielle et Marlène crièrent : *Bienvenue*. Mais à part ça, nous avions tous répondu parfaitement à cette arrivée inattendue.

La directrice monta sur l'estrade et cogna deux petits coups sur le micro.

— Bonjour à tous. Ce n'est pas de gaieté de coeur que je vous ai convoqués ce matin. Hier, un élève, Maurice Morissette-Marti-

neau-Hébert-Tremblay a été hos-
pitalisé.

Une clameur s'éleva dans la
salle.

— Ne vous en faites pas, reprit la directrice, il est maintenant hors de danger. Interrogé par le médecin, Maurice a fini par avouer que c'était pour être parfait qu'il retenait... vous savez... il retenait ses gaz, ses ballonnements, ses pets, quoi ! Il a pété durant près de trois heures sans arrêt ! Deux infirmières ont été traitées pour intoxication au gaz. Une aile de l'hôpital a dû être fermée temporairement. Maurice a dit qu'il ne faisait que suivre les règles pour devenir parfait. Ces règles se trouvent écrites dans un livre que monsieur Victor I a donné à son petit-fils. Monsieur Victor, je vous invite à venir nous fournir quelques explications.

Mon grand-père se leva lentement. Il déposa son chapeau sur sa chaise et s'avança vers la tribune. Il était calme. Pourtant, je sentais la moutarde lui monter au nez.

— Je n'irai pas par quatre chemins, commença mon grand-père. Vous, les parents, vous êtes toujours à dire que les enfants sont tannants et indisciplinés. Depuis quelque temps, vous n'avez pas à vous plaindre. Tous les enfants sont parfaits. Ils avancent en rang. Ils se tiennent le dos droit et les oreilles molles. Ils font leurs devoirs. Ils écoutent. Ils sont respectueux. C'est tout juste s'ils pensent encore par eux-mêmes tellement ils veulent être aussi parfaits que vous désirez qu'ils le soient.

Je sentais la tension monter dans la salle. Quel malheur, mon grand-père, mon grand-père à moi haussait le ton et tout le monde sentait la colère dans ses paroles.

A-B-C... Colère !

Il ne faut jamais se mettre en colère. Vous pourriez alors exprimer une opinion qui ne satisfait pas ceux à qui vous vous adressez. Si vous sentez monter la colère en vous, réprimez-la et oubliez-la.

A-B-C-D-E-F-G-H-I-J-K-L-M-N-O... Opinion !

Les opinions sont à bannir. Elles font en sorte de marquer les différences entre les uns et les autres. Mieux vaut ne pas en avoir puisqu'une opinion est le plus souvent associée à un désir.

A-B-C-D... Désir !

Surtout, pour être parfait, il ne faut pas avoir de désirs. Le désir est lié à une attirance ou à une passion qui permet de distinguer les uns des autres. De plus, le désir peut mener à l'amour.

A... Amour !

Il ne faut jamais aimer qui que ce soit ou quoi que ce soit. Ne pas aimer permet de ne jamais être déçu et ainsi la vie est parfaite.

Alors que je cherchais discrètement et nerveusement des réponses au comportement de mon grand-père, je l'entendais engueuler les parents et la direction de l'école et les professeurs et les élèves. Tout y passait. Et soudain, dans le brouhaha, j'entendis mon nom !

— Victor, viens ici ! hurla mon grand-père.

J'avoue qu'à cet instant, si j'avais pu réaliser un seul voeu, ç'aurait été de me transformer en un petit pou ailé et de disparaître au coeur de la jungle blonde des cheveux de Marguerite qui était assise à mes côtés.

Je m'avançai tout tremblant vers l'avant de la salle. Je sentais tous les regards tournés vers moi. Une goutte de sueur glissa dans mon dos. La voix de mon grand-père résonna dans la salle.

— Maintenant, Victor, dis-nous quel est le titre de ce livre.

Je sentis mes oreilles devenir si rouges que je crus qu'elles allaient éclater.

— Je... je... je ne sais pas, balbutiais-je.

— Comment tu ne sais pas ? s'étonna mon grand-père. Tu n'as pas lu le titre ?

— Ben non, répondis-je. Quel titre ?

Mon grand-père me tira le livre des mains et enleva la couverture en peau de vache qui le protégeait et empêchait de lire le titre.

— Maintenant, lis-nous le titre, reprit-il en me redonnant le livre.

Ma tête se mit à tourner. Je voyais des étoiles. Je m'avançai vers le micro.

— Le titre du livre est : *Comment être un parfait idiot et le demeurer toute sa vie.*

C'est tout ce que je réussis à dire avant de tomber dans les pommes.

Le vrai cadeau de mon grand-père

Lorsque je revins à moi, j'étais allongé sur un lit de l'infirmerie de l'école. Mon grand-père était à mes côtés. Il me donna à boire.

— J'ai rêvé ? lui dis-je encore tout tremblant.

— Calme-toi, Victor. Non, malheureusement, tu n'as pas rêvé.

— Alors maintenant, comment vais-je faire pour savoir ce qu'il faut faire, et quand et comment le faire ?

La panique s'emparait de moi.

—Calme-toi, Victor. J'ai un autre cadeau pour toi.

Mon grand-père se pencha vers moi et me tendit un autre livre. Ouf ! J'étais sauvé. Je n'aurais qu'à lire les pages de ce livre pour savoir ce qu'il faut faire, comment le faire et surtout comment être parfait en tout. Je respirais à nouveau. Je vérifiai tout de même le titre du livre. Cette fois-ci, pas de doute, il n'y avait pas de titre.

A-B... Mais, mais, mais... il n'y avait rien. Malheur ! Que des pages blanches ! Pas de mots, pas de phrases, pas de dessins. Rien. Le vide. Le néant.

— Repose-toi, dit mon grand-père en quittant ma chambre. Maintenant, c'est à toi d'écrire ton propre livre.

Et puis, du coup, mes larmes se sont remises à couler.

A-B-C-D-E-F-G-H-I-J-K-L-M... Moi !

Depuis, j'essaie d'être un bon garçon. J'essaie de manger sans me tacher. J'essaie de lire sans me tromper. J'essaie d'être formidable à mon cours de karaté. J'essaie de me faire des amis et de plaire à mon professeur.

Mais moi, Victor IV, je ne suis ni mon père ni mon grand-père, je suis MOI, Victor. Je ne suis personne d'autre. Et je ne suis pas parfait. Je ne le serai jamais. Je suis mieux que ça. Je suis

moi. Certaines personnes m'aimeront, d'autres pas. C'est comme ça.

Maintenant, je vais écrire mon propre dictionnaire et c'est moi qui vais en écrire le titre. Il s'intitule : *Comment être moi et le demeurer.* Je vais y écrire ce que je crois être bien, ce que je crois être moins bien, ce que j'aime, ce que je n'aime pas, comment je peux faire plaisir à ceux que j'aime, comment je peux devenir ce que je veux devenir.

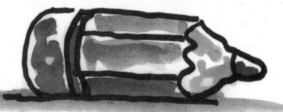

C'est drôle ! Entre le mot « crier » et le mot « créer », il n'y a qu'une seule lettre à changer !

A-B-C... Créer !

Invitation

Si tu as envie de créer ton propre livre : *Comment être moi et le demeurer*, tu peux télécharger gratuitement de notre site :

www.soulieresediteur.com

tout ce qu'il te faut pour fabriquer ton livre ultrapersonnel.

DENIS VÉZINA

Photo : Gabrielle Vézina

Je déteste la perfection ! Devenir parfait, c'est être ce que les autres veulent que l'on soit sans se demander ce que l'on pense, ce que l'on croit, ce que l'on veut. Si nous étions tous parfaits, nous serions tous pareils et la vie serait bien triste.

Se tromper, tomber, fausser, dire des bêtises, faire des fautes et recommencer, c'est comme ça qu'on apprend. Discuter, écouter, accepter les idées contraires, les gens différents, les cultures de partout, c'est comme ça qu'on réinvente le monde.

La vie n'est pas parfaite et personne ne l'est. Et c'est tant mieux !

Vive les différences et vive l'imperfection !

PHILIPPE BÉHA

Béha ? Béha…
Béha : c'est un nom d'origine basque espagnole par mon arrière-re-grand-père.
Je devrais normalement garder des moutons sur des échasses avec un béret sur la tête, au lieu de cela, je n'ai rien sur la tête, même pas un cheveu et je dessine des moutons.

Je dessine aussi des « Victor ». Quelle drôle d'histoire que cette histoire de *Victor et Victor !* qui se termine par une victoire.

J'en suis béat !

Béat ? Béat… Décidément, ça ne s'arrange pas !

MA PETITE VACHE A MAL AUX PATTES

Une partie des profits de la vente de ce livre est remis à la Fondation Marie-Vincent qui vient en aide aux enfants maltraités.

PROTÉGEONS NOS FORÊTS

Ce livre a été imprimé sur du papier Sylva enviro 100 % recyclé, traité sans chlore, accrédité Éco-Logo et fait à partir d'énergie biogaz.

Achevé d'imprimer
sur les presses de Marquis Imprimeur
en août 2007